풀꽃향 당신

풀꽃향 당신

1판 1쇄 : 인쇄 2013년 09월 25일
1판 1쇄 : 발행 2013년 10월 01일

지은이 : 김영순
펴낸이 : 서동영
펴낸곳 : 서영출판사

출판등록 : 2010년 11월 26일(제25100-2010-000011호)
주소 : 인천광역시 계양구 효성동 200-1 현대 404-103
전화 : 02-338-0117 팩스 : 02-338-7161
이메일 : sdy5608@hanmail.net

그 림 : 박덕은
디자인 : 이원경

ⓒ2013김영순 seo young printed in incheon korea
ISBN 978-89-97180-33-2 04810
ISBN 978-89-97180-00-4(set)

풀꽃향 당신

2013 · 서영

김영순 시인의 제2시집 출간을 축하하며

　김영순 시인은 오랜 교사 생활을 접고 은퇴하던 2009
년 8월에 제1시집 [고목나무에 꽃이 핀 사연]을 펴낸 바
있다.
　그로부터 4년 만에 제2시집을 펴내어, 우리 모두를
놀라게 하고 있다. 그녀의 시집 출간 소식은 우리에
게 신선함과 부러움과 향긋함을 동시에 선물해 주고
있다.

　김영순 시인은 마치 처음부터 시인으로 태어난 사람
같다. 옷차림부터 단아하고 행동가짐은 우아하다. 마
치 선녀가 잠시 인간 세상에 와서 여기저기 신기한 듯
구경하고 다니는 듯한 모습, 간혹 작은 감동에도 소녀
처럼 기뻐하고 즐거워하며, 기회가 주어지면 아낌없이
베풀기를 좋아하고, 아파하는 곳에는 주저 없이 찾아
가 다정한 품으로 다독여 주는 여인, 식솔이 많은 가정
의 맏언니같은 따스한 인간미 넘치는 여인, 시 창작을
시작한 날을 기념하여 매년 1월이면 떡시루를 들고 와
문우들과 맛나게 나눠 먹는 여인, 여행을 좋아하여 친
지들과 자유로이 낭만의 시간을 즐길 줄 아는 여인, 맡
은 일에는 책임감이 강하여 병원일에 혼신의 힘을 다
해 정성을 쏟는 성실한 여인, 슬럼프에 빠져 있는 시인

들을 격려해 주고 다시금 시를 쓰도록 애정과 용기를
아낌없이 보태 주는 여인, 신앙심이 깊어 한 치의 오
차도 없이 온전히 믿음의 길을 걷는 경건한 여인, 아무
리 바빠도 시 쓰는 일을 게을리하지 않고 꼬박꼬박 시
창작의 행진을 이어나가는 아름다움을 추구할 줄 아
는 여인, 불의는 아주 작은 것도 참지 못해 곧바로 바
로잡고야 마는 카리스마 넘치는 여인, 틈만 나면 음식
과 다과를 장만해 이웃들, 문우들과 함께 먹고 즐길 줄
아는 넉넉한 마음의 여인, 그림과 사진에도 관심을 보
여 아름다운 예술품을 창조하려는 노력을 아끼지 않는
우아한 여인, 영혼을 맑히고 성숙시켜 온전한 인격체
가 되기 위해 끊임없이 노력하고 기도하는 여인……
　그래서 김영순 시인을 좋아하지 않는 사람이 우리
주위에는 하나도 없나 보다. 정말 부럽고 존경스럽고
멋지다.
　김영순 시인의 시 세계는 어떠할까. 그녀의 시들 중
몇 편을 골라 감상해 보도록 하자.

　싸릿가시 둘러신 허리춤에
　아릿한 그림자
　하늬바람에 한 올 한 올 날리는데

　대나무 평상 위에 옛 얘기 똬리 틀면
　깊어가는 정들이 우수수 몰려오고

　우듬지 새 줄기 잎사귀 소살거리면

남기고 떠난 미련 풀지 못한 채
뒤돌아보며 헝크러진 실타래 풀어헤쳤지

바지랑대 끝 습기 묻은 바람에
닭 울음 우는 텃밭
그곳에 해맑은 여심 다시 솟아나겠지.
                                    - [향수] 전문

　이 시에서, 이미지의 아름다운 구현이 우선 눈길을
끈다. 싸릿가지 둘러친 허리춤에 아릿한 그림자가 하
늬바람에 한 올 한 올 날리고 있는 모습, 그 모습을 발
견하는 순간, 시의 아름다움은 독자의 가슴에 소롯이
스며들고 만다.
　대나무 평상 위에는 옛 얘기가 똬리를 튼다. 그러면
깊어가는 정들이 우수수 몰려온다. 똬리 트는 옛 얘기,
우수수 몰려와 깊어가는 정들, 시에서만이 맛볼 수 있
는 이미지들이 자리하고 있는 시의 그릇이 참 멋스럽
다. 우듬지 새 줄기 잎사귀가 소살거리면, 헝클어진 미
련의 실타래 풀어헤치는 모습, 그 모습이 가슴속 감회
를 새롭게 한다. 바지랑대 끝 습기 묻은 바람에 닭 울
음 우는 텃밭의 해맑은 시심이 다시 솟아나리라 믿은
시적 화자와 독자는 친근한 향수에 젖어 끝내는 손잡
게 되고야 만다.
　시를 이미지의 그릇에 담아야 하는 이유가 여기에
있다. 추억이든 마음의 방향이든 슬픔이든 이미지의
그릇에 담아 놓으면, 독자는 거부감 없이 시적 화자

의 정서에 합류하게 되고, 같이 슬퍼하고 같이 안타까워하고 같이 행복해 한다. 김영순 시인의 시적 형상화에 크게 기여하고 있는 이미지 구현은 점점 빛을 발하고 있다.

외로움 쓸어내리며 배회하던 날
미로의 파장 안으로 추억이 지나간다

몸과 맘을 돌돌 말아서 접는다
뼈도 머리카락도 직선으로 눕는다

한숨 소리가 비명처럼 비수를 꽂는다
서서히 신음하던 다리가 통증으로 마비되어 갈수록
문풍지는 세차게 울어댄다

꼬르락거리는 고뇌가 생살을 찢는다
죽은 듯이 엎디어
젖은 영혼의 소리를 듣는다.

　　　　　　　　　　　　　- 「서울살이」 전문

이 시에서, 외로움은 쓸어내리는 존재, 추억은 미로의 파장 안으로 지나가는 존재, 몸과 맘은 돌돌 말아서 접혀지는 존재, 뼈와 머리카락은 직선으로 눕는 존재가 되고 있다. 한숨 소리는 비명처럼 비수를 꽂는 존재, 다리는 신음하다가 통증으로 마비되어 가는 존재, 고뇌는 꼬르락거리다 생살을 찢는 존재, 시적 화자는

김영순 시인의 제2시집 출간을 축하하며

죽은 듯이 엎디어 젖은 영혼의 소리를 듣는 존재가 되
어 있다. 이 존재들이 모아져 겨울잠이 되고 있다. 모
든 게 정지되어 버린 겨울잠이 아니라 모든 게 일어나
격투를 벌이며 최선의 존재를 찾아가는 과정이 곧 겨
울잠이다. 시어 배치 하나하나가 섬세하고 모두가 치
밀한 이미지 구현을 위해 기여하고 있다.

> 초췌한 외로움
> 저만치서 끙끙거리며
> 갈피갈피 삐죽거리다
>
> 타들어가는 그리움에
> 목마름 열어젖히고
> 오랜 갈증만큼 전율로 안겨 오더니
>
> 자리 털고 일어나
> 헝클어진 가슴결 숨가쁘게 긁어대며
> 거칠어진 영혼 쓰다듬는다
>
> 지독한 몸살로 멍울진 곳에
> 연둣빛 사랑
> 곰살맞게 드리우며.
> — [봄앓이] 전문

이 시에서는 봄앓이가 시작되고 있다. 초췌한 외로
움은 저만치서 끙끙거리며 갈피갈피 삐죽거리다 그리

움에 안긴다. 목마름과 갈증을 겪은 탓에 그만큼 더 강렬하게 전율로 안긴다. 그리움도 타들어가고 내면도 타들어가고 갈증도 타들어간다. 하지만, 거기에 안주하지 않고 자리 털고 일어난다. 외로움은 헝클어진 가슴결을 숨가쁘게 긁어댄다. 그러면서도 거칠어진 영혼을 쓰다듬는 배려를 놓치지 않는다. 이뤄지지 않은 사랑 탓에 지독한 몸살로 멍울졌지만, 그곳에 연둣빛 사랑이 곰살맞게 드리우기를 바라는 시적 화자의 애틋함도 함께한다. 지독한 몸살을 동반한 지독한 봄앓이를 하고 있는 시적 화자에게, 독자는 애처로운 눈길을 보낼 수밖에 없게 된다.

어쩌면 시 쓰기는 이처럼 봄앓이와 같은 것이리라. 외로움의 길, 목마름의 길, 갈증의 길, 몸살의 길을 걸으면서도 끝까지 놓치지 않는 연둣빛 사랑, 그 사랑이 꽃피도록 하기 위해 시인은 묵묵히 걷고 또 걷는 것이리라.

저 산기슭 돌아 돌아
배웅할래요

손사래 치며
발바닥 뜨거울 때까지

솔그늘에 털썩 주저앉아
그렁그렁 눈물이 매달아져도

9

어두운 땅 서러워
마음이 시려와도

빛나던 그리움
다 태워 버릴 때까지.

　　　　　　- [땅거미] 전문

　이 시에서 시적 화자와 땅거미는 하나되어 사물을
바라보고 있다. 저 산기슭 돌아 돌아 배웅하겠다고 한
다. 손사래 치며 발바닥 뜨거울 때까지, 안타까운 심정
으로 배웅하겠다고 한다. 솔그늘에 털썩 주저앉아 그
렁그렁 눈물이 매달아진다 할지라도 끝까지 붙잡지 않
고 그냥 배웅만 하겠다 한다. 어두운 땅 서러워 마음
이 시려오는데도, 그냥 보내겠다 한다. 빛나던 그리움
을 다 태워 버릴 때까지, 배웅만 하겠다 한다. 시의 끝
에 가서, 독자는 시적 화자의 외침이 거짓임을 절감하
게 된다. 빛나던 그리움을 다 태워 버릴 때까지는 안
보내겠다는 강한 의지를 만나게 되기 때문이다. 배웅
하겠다, 떠나보내겠다, 그래 놓고는 절대 보낼 수 없
다, 잊을 수 없다, 사랑을 손 놓지 않겠다고 절절절 호
소하는 시적 화자의 목소리를 만나게 되기 때문이다.
아이러니가 깔려 있는 시, 이미지로 호소하는 사랑 고
백 앞에 독자도 슬그머니 공감의 향기 주머니를 열 수
밖에 없게 된다.

　몽롱한 정신 사이로

그리움이 기어오르고 있다

하얀 시트 위에 누운 추억은
깡마른 엉덩이 다 내놓고 있고

회한은 가면을 뒤집어쓰고
희죽희죽 웃고 있다

느슨하게 풀어헤쳐진 얼룩진 과거는
세상 찌꺼기 토해내며
시도 때도 없이 푸념하고 있다.
- [요양병원] 전문

　　김영순 시인은 현재 종합병원 고문으로서의 임무도
성실히 수행하고 있다. 일하는 과정에서 만난 요양병
원 환자와의 교감이 이 시에서 꽃을 피우고 있다. 환
자의 몽롱한 정신 사이로 그리움이 기어오르고 있다.
환자가 늘 일상처럼 대하는 하얀 시트, 그 위에 추억이
누워 있다. 그 추억은 깡마른 엉덩이를 다 드러내 놓
고 있다. 얼마나 기막힌 표현인가. 독자가 시를 찾는
건 이러한 표현을 만나고 싶어서일 것이다. 이번에는
회한이 가면을 뒤집어쓴 채 희죽희죽 웃고 있다. 느슨
하게 풀어헤쳐진 얼룩진 과거는 무엇을 하고 있나 보
라! 세상 찌꺼기를 토해내며 시도 때도 없이 푸념하고
있다. 요양병원의 실상이 눈에 선명히 그려지도록 이
미지 구현을 해놓고 있다. 감성의 그림을 통해, 오히려

요양병원 환자의 내면을 더 실감있게 그려낼 수 있다
는 모범을 보이고 있는 시, 이런 시를 쓰는 김영순 시
인이 자랑스럽다.

　　서로의 쪽지를 물고
　　한없이 울고 싶은 날

　　뜨락에 돋아난 그리움
　　차마 시들지 못해

　　솔바람 머문 하늘을
　　바라본다

　　쪼그린 그림자 포개고서
　　등 토닥이며

　　여릿여릿 피어난
　　보고픔의 흐느낌 달래며

　　짓물린 눈물 섞어
　　곧은 듯 휘어가는 강물 되어 흐른다.
　　　　　　　　　　　　　　- [연민] 전문

　　이 시에서 그리움은 뜨락에 돋아나 있다. 이 그리움
은 차마 시들지 못해 솔바람 머문 하늘을 바라보고 있
다. 그러다가 이 그리움은 쪼그린 그림자 포개고서 등

■ 풀꽃향 당신

토닥이면서, 어릿어릿 피어난 보고픔의 흐느낌으로 달린다. 그리고는 짓물린 눈물 섞어 곧은 듯 휘어가는 강물 되어 흘러가고 있다. 이러한 그림이 구축하고 있는 정경은 곧 연민이다. 이미지의 벽돌 하나하나가 아름다운 시의 그림을 완성시켜 놓고 있는 시, 멋지다. 김영순 시인은 이처럼 시를 쓰는 묘미, 재미, 가치를 즐기고 있는 듯하다. 이제는 시의 표현 기교를 통해 시의 감칠맛을 한층 강화시키는 솜씨를 자유로이 보여주고 있다.

겨울산 아스라이
감귤빛 걸린 하늘가

마지막 손짓하며
태양을 삼키고
돌아앉은 산

남은 열정 어쩌지 못해
저리 붉은 웃음 토해내는네

저리 가슴 시리도록
아름다운 그리움 토해내는데.
- [석양] 전문

이 시를 보라. 아스라이 떨어져 있는 겨울산 하늘가에 감귤빛이 걸려 있다. 산은 마지막 손짓하며 태양을 삼키고 돌아앉아 있다. 아직 다하지 못한, 다 분출하지 못한 열정, 그 남은 열정 어쩌지 못해 저리 붉은 웃음 토해내는데, 저리 가슴 시리도록 아름다운 그리움 토해내는데, 끝까지 외면만 하고 있을 텐가. 겨울산이여, 무정한 님이여, 보고픔이여, 그리움이여! 결국 석양은 아름다운 그리움과 오버랩되어, 자연스레 독자들의 공감대를 얻어내고 있다. 시 속으로 몰입하게 하는 솜씨, 시의 기교가 물오른 듯하다.

죽은 듯 엎드린
야윈 그리움이
꿈틀거리며 다시 심호흡을 시작한다

눅눅한 가슴의 각질 벗겨내며
켜켜이 쌓인 아픔 위로
촉촉이 안겨온다

뼛속 깊이 자리잡은 꿈은
파슬파슬한 산여울 돌고 돌아와
실눈을 뜬다

생채기 부르튼 자리마다
찾아온 연둣빛은
힐끗거리며 촉수를 틔운다.

- [초봄] 전문

이 시에서 추상과 구상의 조화로움이 아주 적절하다. 야윈 그리움이 죽은 듯 엎드려 있다가 꿈틀거리며 심호흡을 시작한다. 그러다 눅눅한 가슴의 각질 벗겨 내며 켜켜이 쌓인 아픔 위로 축촉이 안겨 온다. 꿈은 산여울 타고 돌아와 실눈을 뜨고, 연둣빛은 힐끗거리며 촉수를 틔운다. 추상(그리움, 아픔, 꿈)과 구상(엎드린, 꿈틀거리며, 가슴의 각질, 켜켜이, 축촉이, 뼛속, 산여울, 연둣빛, 힐끗거리며, 촉수)은 찰싹 달라붙어 처음부터 끝까지 시의 줄기를 구축하고 있다. 또한 '그리움'과 '야위다', '가슴의 각질'과 '눅눅하다', '아픔'과 '축촉하다', '산여울'과 '파슬파슬하다', '연둣빛'과 '힐끗거리다'의 배치는 시각, 촉각 등의 이미지와 손잡고 시의 완성미를 한층 높여 주고 있다.

마을 뒷산 여기저기
희끗희끗 남은 연민은
언 땅에 녹아든다

시린 가슴 어루만지던
인연의 끄나풀 붙잡고서
겨우내 몸 뒤척이던 운명
노오란 얼굴 내밀 때까지

가슴에 쌓인 한
돌돌돌 얼음장 밑으로 흘려보내며.
- [잔설] 전문

이 시에서 잔설은 연민, 운명과 동일시된다. 마을 뒷산 여기저기 희끗희끗 남아 있다가 시린 가슴 어루만지던 인연의 끄나풀 붙잡고서 언 땅에 녹아드는 존재, 겨우내 몸 뒤척이던 운명이 노오란 얼굴 내밀 때까지 가슴에 쌓인 한 얼음장 밑으로 돌돌돌 흘려보내는 존재, 어쩜 이는 시의 존재인지도 모른다. 시는 연민을 밑거름으로 해서 자라난다. 그리고 가슴에 쌓인 한을 흘려보내고 운명을 꽃피운다.

이 세상에 태어나서 시를 알고 시를 배우고 시를 쓰고 시집을 펴내는 시인으로 살아간다는 것, 그 자체가 멋이다. 삶 속에서 가장 가치 있는 창조물 중 하나가 시이기 때문이다.

지구상에 가장 놀라운 창조물들 중 하나는 단연코 언어일 것이다. 언어 중에서도 시는 가장 놀라운 언어 예술품이다. 인류사에 최고봉의 위치에 앉아 있는 언어 예술, 그게 바로 시다. 그러므로 시를 사랑하며 시를 쓰며 살아가는 삶은 결코 후회하지 않는 삶 중 하나가 아닐 수 없다.

김영순 시인은 시 창작을 시작한 지 5년째가 되어간다. 그동안 꾸준히 시 창작을 해왔다. 매주 한 편씩 시 창작하는 열정을 잃지 않고, 잊지 않고, 놓치지 않고 살아왔다. 그 모습 자체가 경이롭다. 병원일, 가정일, 사회일의 바쁜 일정 속에서도 그녀는 결코 안이한 시 창작의 태도를 보이지 않고 지내왔다. 어떠한 순간에도 시 창작을 게을리하지 않는 모습, 그게 우리 문우들을 감동시키기에 충분하다. 김영순 시인을 통해, 우리는 많이 배우고 자극 받고 시인으로서의 자세를 바로 잡아 가고 있다.

다시 한번 김영순 시인의 제2시집 발간을 축하한다. 축하하는 이 가슴속에 어떤 봄바람 같은 환희가 솔솔 날리고 있다. 기쁨의 메아리가 너울너울 춤추며 하늘과 강과 산에서 춤을 추고 있다.

이처럼 시를 쓰며, 시를 모아 시집을 발간하며 나아가는 우리 문우들이 참 잘 살아가고 있다는 느낌이 든다. 부디 이 길을 많은 문우들이 지치지 않고 포기하지 않고 따라와 주었으면 한다.

김영순 제2시집이 김영순 시인의 가족들, 친지들, 병원 식구들, 환자들, 문우들, 모두에게 행복과 기쁨과 낭만의 메신저 역할을 해주기를 기대해 본다. 언제 어디서나 반가이 맞아줄 시심 앞에 우리는 또 우리의 진심을 아낌없이 바친다.

— 온 천지에 단풍과 추억과 낭만이 너울너울 숨수는 가을날 오후에
한실 문예창작 지도 교수 박덕은
(문학박사, 문학평론가, 시인, 소설가, 동화작가, 수필가, 사진작가, 화가)

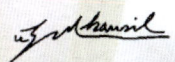

작가의 말

　인생이라는 여행길의 후반부에서 이제는 마음의 여
유를 가지고 사방을 두루두루 살피며 관조의 삶 그리
고 낭만의 삶을 살고자 합니다.
　자연의 신비로움을 느끼며 그 생각을 시로 써 보기
도 하고 일상생활에서 접해 보는 다양한 사색을 놓치
지 않고 글로 표현해 보려고 노력해 왔습니다.
　이제 삶에서 예술을 사랑하고 시를 쓰는 일이 일과처
럼 되었음에 새삼 놀랍기도 하며 감사드리게 됩니다.
　참으로 시의 세계는 순수하고 아름다운 동경의 대
상입니다.
　가장 절제된 언어로 비유와 상징을 통해 인간의 감
성을 자극할 수 있음에 매력을 느낍니다.
　아직 갈 길이 멀고 많이 부족하지만 첫 번째 시집 [고
목나무에 꽃이 핀 사연]에 이어, 두 번째 시집을 펴낼
수 있어서 기쁘고 행복합니다.

이 시집이 나오기까지 열성껏 지도해 주시고 그림까지 그려주신 한실 문예창작 지도 교수 박덕은 박사님께 감사드리며, 한실 문예창작 문우님들, 특히 둥그런 문학회 문우님들의 관심과 격려에 감사드립니다.

못 이룬 꿈을 마음껏 펼치도록 버팀목이 되어 지지해주는 가족 모두에게 고맙고 사랑한다는 말 전하고 싶습니다.

삶에 소중한 인연이 되어 늘 용기를 주시는 교회의 교우 그리고 친척과 친구와 이웃 여러 지인에게 머리 숙여 고마움을 바칩니다.

부디 이 작은 시집의 시구 하나 그리고 한 폭의 그림이라도 독자의 가슴에 포근히 안길 수 있기를 간절히 소망해 봅니다.

- 2013년 들국화 흐드러지게 피어나는 계절에

芽亭 김영순

김영순

박덕은

푸르름으로 깊어진
숲속 옹달샘에
어느 날 홀연히
나타난 선녀

세상에 관심 많아
낭만의 신 신고
산을 내려와
이곳저곳 구경하네

다시 찾게 될
믿음의 날개옷
가슴에 깊이 묻고
자유로이

역경의 진물
다독이며
환란의 세월
보듬으며

순수로
씨앗 뿌리고
열정으로
꽃을 피우며

알차고 싱그런
열매만 골라
시심의 바구니에
알뜰살뜰 담으며

보다 완성된
영혼을 위해
보다 튼실한
인생을 위해

한 발 한 발
옮겨 디딜 때마다
신비로움을
향기로이 흩뿌리며.

祝詩 - 박덕은

祝詩

김영순

이호준

그리움으로
애잔함 곱게 가꾸며

못다 한 사랑은
수채화로 그려내며

만나는 인연마다
자유로운 영혼으로 살갑게 다독이며

온전함 받아들여
고운 빛 살포시 싸안으며

행복한 날갯짓으로
현실을 날아오르며

영롱한 시심으로
난초 같은 낭만 일깨우며

모롱이에 세월 세워 두고
순수의 발걸음 가벼이 내디딘다.

차   례

제1장 · 버팀목

제2장 · 만약에 이유를 묻는다면

제3장 · 사랑하겠습니다

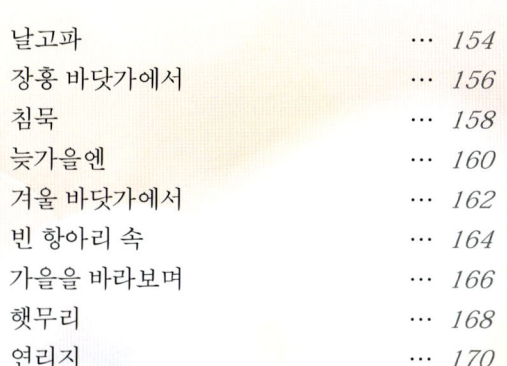

풀꽃향 당신

제1장
버팀목

박덕은 作 [낙엽의 신비](파스텔화, 2013.8)

독수리 날개

가슴 안에는
부러지지 않는
날개가 살고 있어

하늬바람에도
찢겨 나가는
그런 날개가 아냐

세찬 바람도
거슬러 올라

공중에서
우아하게 균형 잡다가

땅을 향해
곤두박질칠지도 아는
날개

저 푸른 창공을 마음껏
힘차게 힘차게 날아오르는

그런 멋진 날개야.

박덕은 作 [독수리](파스텔화, 2013.4)

석양

거울산 아스라이
감귤빛 걸린 하늘가

마지막 손짓하며
태양을 삼키고
돌아앉은 산

남은 열정 어쩌지 못해
저리 붉은 웃음 토해내는데

저리 가슴 시리도록
아름다운 그리움 토해내는데.

박덕은 作 [석양](파스텔화, 2013.4)

버팀목

기울인 목 부러질까
다친 허리 휘어질까

연약한 무릎 세워
홀로 서도록

하늘 향해 영혼의 향기 날리며
마음 다해 다독이며

시린 사랑
꾸덕꾸덕 채워가고 있다.

박덕은 作 [버팀목](파스텔화, 2013.4)

다리

누구이기에
그토록 눈에 아리던 그리움
단숨에 품안으로 안겨 주는가

누구이기에
닿을 수 없어 애끓는 사랑
두 손 맞잡아 이어 주는가

누구이기에
늘어지게 안개 트림하며
묶인 바람의 길 열어 주는가

누구이기에
진종일 등을 밝히며
천년의 인연들을 스쳐 주는가.

박덕은 作 [그리움의 다리](파스텔화, 2013.2)

초봄

죽은 듯 엎드린
야윈 그리움이
꿈틀거리며 다시 심호흡을 시작한다

눅눅한 가슴의 각질 벗겨 내며
켜켜이 쌓인 아픔 위로
촉촉이 안겨온다

뼛속 깊이 자리잡은 꿈은
파슬파슬한 산여울 돌고 돌아와
실눈을 뜬다

생채기 부르튼 자리마다
찾아온 연둣빛은
힐끗거리며 촉수를 틔운다.

박덕은 作 [봄 호수에 핀 그리움](파스텔화, 2013.3)

폭포 · 1

쉬임없이 달려온 길
노을빛 눈가에 드리운 채
망설임 없는 선택을 했지

혹은 푸르게 혹은 하얗게
물보라를 일으키며
열정을 쏟아부었지

작렬하게 부서지고
산빛에 취해 하늘빛에 취해
찬란히 솟구치며

전율 속에 다시 태어난
무지개로 아름다이
마침내 꿈을 이루었지.

박덕은 作 [안갯속 폭포수](파스텔화, 2013.3)

폭포 · 2

울창한 숲
계곡 돌고 돌아

해맑은 가슴으로
줄기차게 달려 왔어

낭떠러지에서
그만 당황했어

용기가
필요했어

추락이 아니라
비상이야

물살이 빛살이 되는
물보라에 취해

훌쩍 뛰어내렸지
낭만 가득 안고서.

박덕은 作 [폭포수 사랑](파스텔화, 2013.3)

산사山寺의 봄

돌돌돌
신비한 음성으로
듣는다

서로서로 껴안고
가만가만 연주하듯

스님의 목탁 소리가
봄앓이 하듯

봉싯봉싯 어우러져
업을 되새김질하듯.

박덕은 作 [봄](파스텔화, 2013.4)

능선

하늘을 가장 가까이 이고서
손때 묻지 않은 나무와 풀꽃
바람이랑 호젓이 살아가는

낭만 고즈넉이 품에 안고서
찾아오는 길손이랑 산새랑
들짐승이랑 함께 노니는

외로움 기꺼이 등에 지고서
갈대랑 단풍이 내쉬는 한숨
흘러가는 물안개에 실려 보내는

노을빛이 하도 붉어서
꿩 까마귀 푸드득 날면
속울음으로 그리움 만나는.

박덕은 作 [능선](파스텔화, 2013.4)

잔설

마을 뒷산 여기저기
희끗희끗 남은 연민은
언 땅에 녹아든다

시린 가슴 어루만지던
인연의 끄나풀 붙잡고서

겨우내 몸 뒤척이던 운명
노오란 얼굴 내밀 때까지

가슴에 쌓인 한
돌돌돌 얼음장 밑으로 흘려보내며.

박덕은 作 [잔설](파스텔화, 2013.4)

산안개

푸른 산 깊은 계곡
신비롭게 어우러진
수채화 한 폭

어디선가 나타나
몽롱한 꿈길 따라
하얗게 피어오르는

눈물 쏟아부어도
비우지 못한
그리움 부축이며

허청대는 시간
서벅서벅 서성이다
산허리 감싸고 도는

카이로스가 신음하며
내뿜는 포효의 몸짓 같은
승화된 사랑의 징표 같은.

박덕은 作 [안개와 산과 시](파스텔화, 2013.3)

길

크지 않아도
넓지 않아도
끊기지는 말아요
우리

그토록 원하는
그곳
아름다운 오아시스로
향하는 중이니까요

할퀴고 지나간
상처들 꾹꾹 아우르며
닿지 않는 곳 없이
한없이 낮아져
그냥 밟혀요

어쩌면 우리가
그토록 찾고 있는
교차점에서 만날 수 있도록.

박덕은 作 [길](파스텔화, 2013.4)

노송 한 그루

검푸른 동해 바다
후미진 벼랑 끝에

기억 속의 눈보라에도
매서운 폭풍우에도
짭쪼름한 소금바람에도

견뎌온
푸른 절개

피부에 거북등 껍데기
툭툭 칼집이 생겨도

늙어가는 몸에
간간이 슬픔이 서려도

솔방울 조랑조랑 거느리고
고요히 홀로 가는 나그네.

박덕은 作 [노송 한 그루](파스텔화, 2013.4)

낙엽

굳이 인연을
당겨 묶지 않아도 될
울타리를 벗어나

차라리
구차한 남김보다는
이별을 택했다

갈색 추억
또르르
휘감고서

뒹굴다
뒹굴다
침묵이 될지라도.

박덕은 作 [단풍이라는 詩](파스텔화, 2013.2)

단풍

아름다움 올올이 뽑은
인연의 고리는
너털웃음을 수놓고서
고즈넉이 비켜 앉은
꽃자리가 된다.

박덕은 作 [단풍 차향](파스텔화, 2013.3)

산열매

쪼르륵
꼴깍

배고픔의
목젖 타고 미끄러져

살은 다 내어주고
씨 하나만 남을 때까지

뒤로 토해 남긴 자국에
새싹을 틔울 때까지

다시 한 생 얻어내어
뜨겁게 익어갈 때까지.

박덕은 作 [산열매](파스텔화, 2013.4)

가시고기

물풀 나자빠지는 틈새에 집을 지어
동굴 같은 둥지에 알콩달콩 사랑 뿌린

등줄기에 신비로운 톱날 지녀
가슴 에이는 슬픔으로 꺼이꺼이 우는

제 살 갈기갈기 찢기며
혼까지 쪼아 갉아 먹히는

다 내어주고 생명까지 비워 버려
가엽도록 아름다운.

박덕은 作 [가시고기](파스텔화, 2013.4)

인동초

들에서 자라는 상록초여
가을에 낙엽 따라 열매 맺고
찬 겨울 눈 속에 더 아름다운 꽃이여

눈물 쏟아부어도 녹일 수 없는
가슴 파고 뚫는 고뇌의 시간들
어찌 견뎠을까

속 깊고 따뜻한 가슴앓이
피를 토해내던 절규
임종 직전까지 흘린 눈물의 강
압록강까지 거슬러 올라라

언제라도
죽을 순 없는
맑고 청아한 꽃이여.

박덕은 作 [인동초](파스텔화, 2013.4)

가시나무새

맑은 물그림자 드리운 저수지
눈물의 비린내 유난히 서글퍼
마른 생채기 꺾어 한아름 안고
그대에게 몸을 던지면 어떠리

비우지 못한 그리움 끌어안아
영혼마저 가시 위에 걸어 말리고
젖은 날개 퍼득이며 날아올라
못다 부른 사랑 노래 읊으면 어떠리.

박덕은 作 [가시나무새](파스텔화, 2013.4)

달무리

노오란 미소 그리워 그리워
끈적끈적 달라붙는다

채색된 아픔 소롯이 안고
망각의 늪으로 뒷걸음친다

외로움으로 눈시울 뜨겁도록
그리움 빛깔 주워 모아

아름다운 가슴속 밤하늘에
詩의 모닥불로 수놓으며.

박덕은 作 [달무리](파스텔화, 2013.4)

제2장
만약에 이유를 묻는다면

박덕은 作 [시심이 머무는 곳](파스텔화, 2013.9)

당신 · 1

머나먼 강을 건너면서도
물살에 휩쓸리지 않는

벌써 산을 넘고 넘어
쉼터에서 웃고 즐기는

언제 어디서라도
바람처럼 걸림이 없는

푸른 영혼 다스리며
맑고 곱게 살아가는.

박더은 作 [행복의 나래](파스텔화, 2013.3)

당신 · 2

언제라도 문이 열리게
마법의 성 암호 잊지 말아요
마음속 안자락에 오신 당신
해맑은 사랑으로 가득 담아
배시시 웃고 있는 풀꽃향 당신

운명의 날 오목볼록 맞추게
사랑의 징표 반쪽 잃지 말아요
가까이 무릎 포개 앉은 당신
퍼즐 조각 바구니 옆에 끼고
이리저리 분주해도 당당한 당신

먼 훗날 우주 은하 여행하도록
요술 주문 절대 잊지 말아요
달 보며 언약하던 싱그런 당신
영원의 문을 통과하는 날
인연의 업보 완성하게 될 당신.

박덕은 作 [사랑의 추억](파스텔화, 2013.1)

땅거미

저 산기슭 돌아 돌아
배웅할래요

손사래 치며
발바닥 뜨거울 때까지

솔그늘에 털썩 주저앉아
그렁그렁 눈물이 매달아져도

어두운 땅 서러워
마음이 시려와도

빛나던 그리움
다 태워 버릴 때까지.

박덕은 作 [땅거미](파스텔화, 2013.4)

분리수거

타지 않은 미련 한켠에 밀쳐 두고
애틋하게 남은 사연 모아 두어요

타다 남은 분노는 땅에 묻고서
퀘퀘한 기분은 씻어 버려요

볼품없는 기억이라도 지우지 않고
입어본 그리움처럼 재활용해요

아름다운 시심으로 다시 태어나
모자이크 작품이 되면
감동의 여운으로 살아갈 거예요.

박덕은 作 [분리수거](파스텔화, 2013.4)

요양병원

몽롱한 정신 사이로
그리움이 기어오르고 있다

하얀 시트 위에 누운 추억은
깡마른 엉덩이 다 내놓고 있고

회한은 가면을 뒤집어쓰고
희죽희죽 웃고 있다

느슨하게 풀어헤쳐진 얼룩진 과거는
세상 찌꺼기 토해내며
시도 때도 없이 푸념하고 있다.

박덕은 作 [요양병원](파스텔화, 2013.4)

연민

서로의 쪽지를 묻고
한없이 울고 싶은 날

뜨락에 돋아난 그리움
차마 시들지 못해

솔바람 머문 하늘을
바라본다

쪼그린 그림자 포개고서
등 토닥이며

여릿여릿 피어난
보고픔의 흐느낌 달래며

짓물린 눈물 섞어
곧은 듯 휘어가는 강물 되어 흐른다.

박덕은 作 [백년 언약의 자리](파스텔화, 2013.3)

속앓이

그리움이 발효되어
부글부글 끓어오르면

울퉁불퉁한 서러움은
드러누우며
싸그락 싸그락

가슴팍을 헤집고 기어다니던
넋두리는
밖으로 밀려 나오며
도르락 도르락

한숨을 길게 내뱉을 때는
견딜 수 없는 회한의 핏줄이
찢기고 뭉개져
푸르락 붉으락.

박덕은 作 [아직도](파스텔화, 2013.4)

이별 · 1

갈대꽃 꺾인 아픔
아는지 모르는지

대나무숲 슬픈 바람 소리
아는지 모르는지

주머니 없는 수의 한 벌
아는지 모르는지

희뿌옇게 멍든 희나리
아는지 모르는지.

박덕은 作 [연꽃으로 쓰는 詩](파스텔화, 2013.1)

이별 · 2

마지막 잎새처럼 인사하지 말아요
사랑이 끝나진 않았어요
체온이 다 식기 전에는

애써 흔적 지우려 하지 말아요
인생이 완성되진 않았어요
외로움이 다 사라지기 전에는

추억을 내팽개치지 말아요
그리움이 끝나진 않았어요
싱그러운 약속 잊기 전에는.

박덕은 作 [시심의 비둘기](파스텔화, 2013,1)

만약에 이유를 묻는다면

순식간에 와그르르 무너져
체로 가르듯이 술술 빠져나간
기억들이 눈에 어린다

파르스름한 의식 속으로
허무가 기어들어와
그냥 펑펑 쏟아질 뿐

칼칼한 헛기침이 몇 번이고
목을 간질이자 코끝이 찡하다

마음을 타고 흐르는 비릿함에
헛바늘 인다

마냥 포기하기 싫어 떼쓰며
열정의 심지불 끌어당기면
아름다운 순수가 젖을 물린다.

박덕은 作 [봄날의 행복](파스텔화, 2013.3)

이륙

바삭바삭
타들어가는
그리움이 울먹인다

먹먹한
가슴에
바람이 분다

적막을 휘감고
미친 듯
질주한다

아픔 떨치고
고요로운 허허로움만
솟구쳐 오른다.

박덕은 作 [이륙](파스텔화, 2013.4)

고백

잠 못 이루는 추억의 동굴로
자꾸만 영혼 깊이 들어갑니다

촛불에 그리움 태워
뚝뚝 촛농이 떨어지면 아파옵니다

아직 덜 자란 풋내음 읽을 때마다
가슴 뭉클한 보고픔에 뜨거워집니다

마음 답답하고 허전할 때마다
부끄러워 스러지는 별빛 되어
곁에 있고픈 안타까움 달구어
사알짝 안아봅니다.

박덕은 作 [긍정의 에너지](파스텔화, 2013.3)

가족

또렷한 영상으로 시야에 각인되어
향 그윽한 통로 수시로 들락거리는

말 한마디에 토라지고 부서졌다가도
아파할 겨를도 없이 바람에 날려 버리는

떨어져 있으면 그리움에 빠지고
보이지 않으면 보고픔에 허우적이는

좁으면 좁은 대로 없으면 없는 대로
이야기 꽃길 엮으며 끝없는 관심 부어 주는

허전한 빈자리 울타리 되어 주고
감싸 보듬어 눈시울 적시는.

박덕은 作 [가족 사랑](파스텔화, 2013.1)

친구야

거친 나날
쩍쩍 금이 가도
새하얀 여백 남겨 줘서
고마워

보고픔 담은
샛별 되어
새벽하늘에 머물러 줘서
고마워

감칠맛 나는 시어로
아름다운 시향
솔솔 풍겨 줘서
고마워

빛나는 그리움만 남기고
멀리 멀리
배웅해 줘서
고마워.

박덕은 作 [사랑의 촛불](파스텔화, 2013.2)

인생

바람 부는 날은
가슴 시리게
바들바들 떠는

비 오는 날은
미친 듯이
헤매며 울고 웃는

때로는
빨간 신호등도
서슴없이 건너는

때로는
빛깔 색깔 형체 없이
세월을 물들이는

때로는
새 움 돋듯
진정한 나이고 싶은.

박덕은 作 [사랑의 기도](파스텔화, 2013.3)

허물

양파 까기같이
아무리 벗겨도
묵은 때처럼

빨갛게 농익어
금방이라도
툭 터질 듯 버거운.

박덕은 作 [새해 꿈꽃](파스텔화, 2013.2)

삼각형

교교한 달빛 아래
삼거리 교차로에서
우연히 만났지

사랑이 탄생하는
그 엄숙한 시간에
왜 하필이면
셋이 그곳에서

너는 나를
난 그를
그는 너를
좋아하고

큐피트의
화살처럼
그냥 이대로
죽도록 이 자리에.

박덕은 作 [삼각형](파스텔화, 2013.4)

단상

고독한 영혼이 고즈넉이 앉아
수많은 이야기를
야윈 가슴에 통째로 보듬으면
눈물겹도록
아름다운 별이 된다

허기로 갈증 난
별빛은
흘러간 것들이
마냥 서러워

온몸으로
하늘 향해 깨금발 서서
울부짖는 허공의 깃발이 된다.

박덕은 作 [도자기 예술](파스텔화, 2013.3)

진실

당신에 대한 추억이
꽃으로 피어납니다

미농지보다 얇은
종이꽃 한 송이

생명 없는 꽃이라면
나를 위해 바치지 마오

그리운 빈 가슴에
살아 숨쉬는
당신을 심으렵니다

내면 깊숙이 물든
사랑의 빛으로

오직 당신만의
신비스런 꽃으로.

박덕은 作 [운거 산방 거실](파스텔화, 2013.3)

해녀

바라보다 지쳐
가시 박힌 눈빛
멀어져 가는 그리움 좇아 흐느낀다

머물 수 없는 허허로움은
이리저리 방황하다
아스라한 수평선 향해 달려나간다

깊이를 알 수 없는
두려움 싣고
심연으로 돌이뱅이친다

휘이익 휘이익
심장 찢는 절규
회한의 빗창에 찔려 낚인다

거르릉 거르릉
숨겨 있는 추억 조각들을
한줌 한줌 건져 올린다

차갑게 얼어붙은 허리 휘감겨
허우적이던 어둠 뚫고서
하얀 물보라 번쩍 인어로 솟구친다.

박덕은 作 [해녀](파스텔화, 2013.4)

동반자

돌담길 돌고 돌아
곱게 핀 꽃밭

이 세상
가장 깊고
가장 아름다운
그리움을
심어 가꿔요

싱그러운
연초록 마음을
덮어 주며

사랑의 열매
탐스럽게
익을 때까지.

박덕은 作 [단 한 번 사랑으로도](파스텔화, 2013.2)

첫사랑

풋복숭아 같던 꽃젖가슴
부끄러워 고개 떨구며
봉긋봉긋 솟는 그리움

꿈오라기 걸쳐 입고
이젤 앞에 붓을 떨어뜨린 채
바라보던 우수에 찬 눈빛

은사시나무 사이로 흐르듯
방죽길에서 연꽃으로 마주치는
새벽길 마중나오는 한 마리 새.

박덕은 作 [해변의 여심](파스텔화, 2012.12)

고작

줄 수 있는 게
고작
꿈 한줌뿐

베풀어 줄 수 있는 게
고작
사랑 한 올뿐

나눠 줄 수 있는 게
고작
지혜 한 숟갈뿐

되돌려 줄 수 있는 게
고작
기쁨 한 가닥뿐.

박덕은 作 [차향의 춤](파스텔화, 2013.3)

자화상

살짝만 건드려도
울음보 터질 것 같아
가늘게 숨죽이며
시간 위를 걷는다

되도록
환희를 껴안아 보듬고
가고픈 길 찾아
웃음 달고 날고파

씻어 갈 것도
날리울 것도 없이
비 맞고
바람 맞서며.

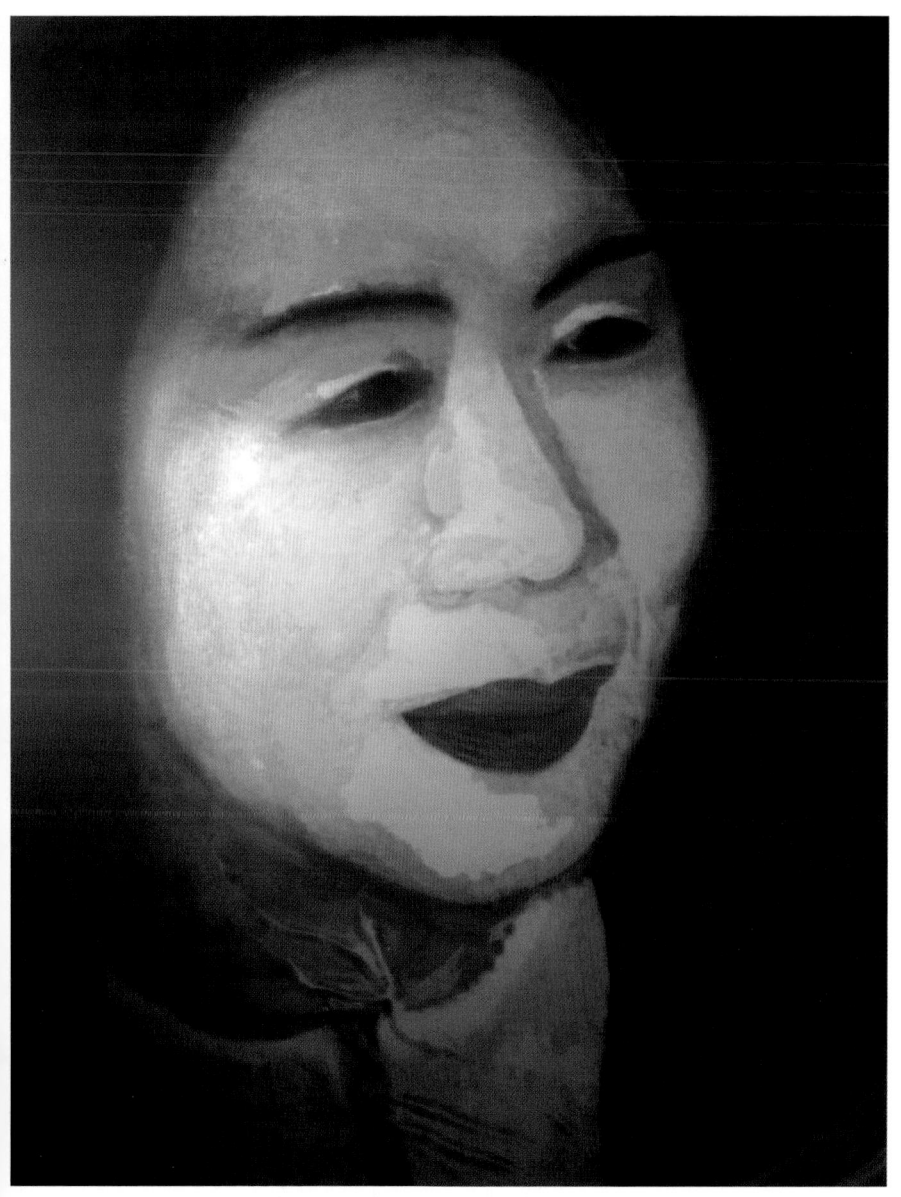

박덕은 作 [김영순 시인](파스텔화, 2013.2)

장기려 박사

북에 둔 부모와 아내 가슴에 묻고
매일 매일 영적으로 교통하며
가난한 환자 위해 평생을 바친
의사

"나 좀 닮아서 살게나."
"닮아 살면 바보 되게요."
"바보 소리 들으면 성공한 거지."

박덕은 作 [고향 별장](파스텔화, 2013.2)

고마워

여름날 오후 어린 풀꽃처럼
소리 없이 눈물 흘리는 나를
남몰래 감싸 줘서

꽃향기에 취해 넋 나간 듯 비틀거리다
돌팍에 걸려 정강이 깨진 나를
남몰래 달래 줘서

외로움에 그리움에 지쳐 잠 들 때
가까이 다가와 살며시 손 내밀어
남몰래 껴안아 줘서

힘들고 어려워 부딪히고 깨질 때
재빨리 달려와 시원스레
남몰래 도와 줘서.

박덕은 作 [정물화의 외침](파스텔화, 2013.3)

종착역

숨가쁘게
달려와

선택할 수도
붙잡을 수도
없이

모두
내려놓아야 하는

마지막
순간

그저
텅 빈 아쉬움뿐.

박덕은 作 [종착역](파스텔화, 2013.4)

제3장
사랑하겠습니다

박덕은 作 [첫사랑이 멀어져 간 들녘](파스텔화, 2013.9)

향수

싸릿가지 둘러친 허리춤에
아릿한 그림자
하늬바람에 한 올 한 올 날리는데

대나무 평상 위에 옛 얘기 똬리 틀면
깊어가는 정들이 우수수 몰려오고

우듬지 새 줄기 잎사귀 소살거리면
남기고 떠난 미련 풀지 못한 채
뒤돌아보며 헝크어진 실타래 풀어헤쳤지

바지랑대 끝 습기 묻은 바람에
닭 울음 우는 텃밭
그곳에 해맑은 여심 다시 솟아나겠지.

박덕은 作 [향수](파스텔화, 2013.4)

겨울잠

외로움 쓸어내리며 배회하던 날
미로의 파장 안으로 추억이 지나간다
몸과 맘을 돌돌 말아서 접는다
뼈도 머리카락도 직선으로 눕는다

한숨 소리가 비명처럼 비수를 꽂는다
서서히 신음하던 다리가 통증으로 마비되어 갈수록
문풍지는 세차게 울어댄다

꼬르락거리는 고뇌가 생살을 찢는다
죽은 듯이 엎디어
젖은 영혼의 소리를 듣는다.

박덕은 作 [까치밥의 행복](파스텔화, 2013.3)

회상

추억이 피어오를 때마다
시간을 둥그렇게 말아서
굴려 본다

그리움이 뱅그르르 맴돌 때마다
잊혀진 바람을 초대해서
함께 뒹군다

운명이 봄기운 담아줄 때마다
넘어지면 손잡아 일으켜 주던
울퉁불퉁 언덕길을 힘껏 오른다.

박덕은 作 [생막걸리 한 잔](파스텔화, 2013.4)

열정

저 붉은 태양
갖고 싶어

햇살 껴안고
신비 마시다

찔레 열매처럼
빨갛게 빨갛게

가시덤불 속에서
뜨겁게 뜨겁게

자꾸만 익어가네
남몰래 남몰래.

박덕은 作 [사랑이라는 나무](파스텔화, 2013.1)

참배길에

고귀한 넋을 안고
연분홍 꽃비 내려

꽃등은 몸부림으로
꽃물결은 그리움으로

휘엉청청 휘늘어져
능수 벚꽃 시려 시려

울며불며 지쳐 버린
휑 뚫린 가슴마다

휘엉청청 휘늘어져
눈물꽃 저려 저려.

박덕은 作 [참배길에](파스텔화, 2013.4)

춘몽 春夢

촉수 세운 아픔이
꽃비로 내리면

미련의 껍질 뚫고
돋아나는 함성도

물러설 수도 엉겨 살 수도 없는
웅얼거림도

끄트머리에 댕기 달고
나긋나긋 걸어오는 그리움도

하염없이 하염없이
부서져 내려.

박덕은 作 [꽃병의 눈길](파스텔화, 2013.2)

사랑하겠습니다

그대가
기쁠 때는 멀리서
슬플 때는 가까이서

그대가
행복할 때는 손뼉만으로
외로울 때는 따스한 미소만으로

그대가
풍족할 때는 못 본 채
가여울 때는 벅찬 가슴으로

그대가
젊을 때는 그저 바람처럼
나이 들면 기꺼이 수족이 되어.

박덕은 作 [열정의 꼭대기](파스텔화, 2013.3)

풋사랑

푸른 은행잎 같은 그대여
노오랗게 물드는 그날에
뜨거운 침묵 타는 정열로
다가서는 모습이 그립습니다

푸른 연꽃 같은 그대여
연분홍으로 곱게 피어나는 날에
목마른 정 수줍어 접은 미소
사알짝 두 손 모아 받으렵니다

푸른 열매 같은 그대여
빠알갛게 익어 아름다운 날에
보드라운 하얀 속살 향그럽게
가슴에 듬뿍 안으렵니다.

박덕은 作 [해바라기 처녀](파스텔화, 2012.11)

홀로 햇살에 목욕하는 노파

애틋한 뿌리에서 올라와 차차 농익어 가는
한 편의 향수를 비틀어 짜서 바람 그늘에 말리운다

끊어진 추억들을 무디어진 감각 주름 속에 포개고서
달빛 내리는 솟대처럼 고개 들고 푸념을 한다

공허로운 심장에 불을 지피며
생뚱맞은 환상으로 뒤돌아 앉아 거울을 본다

찢어진 낭만 사이로 추억이 낙엽 되어 날리면
친친 감아 맨 추억의 붕대를 풀고 와자지껄 웃음소리가
쓰디쓴 잔영이 되어 뒷골목으로 사라지다
얼룩진 영혼을 햇살에 표백하며 담금질한다

암호처럼 토해 놓은 과욕을 탓하며 제 살을 비벼댄다
어깨에 기댄 고독이 등을 휘감으며
마지막까지 푸른빛을 주무른다

문득 멈춰 서서 바라보는 낯선 풍경은
가느다랗게 내뿜는 햇살로 몸을 씻는다.

박덕은 作 [벽화의 노래](파스텔화, 2013.2)

봄앓이

초췌한 외로움
저만치서 끙끙거리며
갈피갈피 삐죽거리다

타들어 가는 그리움에
목마름 열어젖히고
오랜 갈증만큼 전율로 안겨 오더니

자리 털고 일어나
헝클어진 가슴결 숨가쁘게 긁어대며
거칠어진 영혼 쓰다듬는다

지독한 몸살로 멍울진 곳에
연둣빛 사랑
곰살맞게 드리우며.

박덕은 作 [풀잎 친구](파스텔화, 2013.3)

만약에

만약에
사랑을 멈출 수만 있다면
장미꽃은 홀로 피어나지 않을 겁니다

만약에
외로움을 멈출 수만 있다면
강물은 홀로 흘러가지 않을 겁니다

만약에
보고픔을 멈출 수만 있다면
별빛은 홀로 빛을 발하지 않을 겁니다

만약에
기다림을 멈출 수만 있다면
동구 밖 하얀 길은 홀로 서 있지 않을 겁니다

만약에
그리움을 멈출 수만 있다면
태양은 저만치 홀로 떠오르지 않을 겁니다.

박덕은 作 [핸드백의 설렘](파스텔화, 2013.3)

바람개비

기억의 강줄기 하나
굽이쳐 흐르다
고독한 맨발로
거친 시간 따라
파도타기를 한다

꺾임과 주름은
산등성이와 계곡이 된다

휙휙 상승 곡선을 그리다가
세차게 바람이 불면
상흔과 만나 주저앉는다

보듬어 주고 부풀어 오르고
맥이 빠져 내리막으로
포물선을 그린다

우뚝 솟은 봉우리에선
긴 숨결이
휘파람을 분다.

박덕은 作 [바람개비](파스텔화, 2013.4)

날고파

그리움마저
넌더리나면

서글픔 씻어낸 뒤
무거움 벗어 버리고
설레는 일 없이

날개옷 지어 입고
나긋나긋 날고파

서로의 가슴 타는
꽃밭을 맴돌다가
천상을 갈망하며

날개옷 차려 입고
나울나울 날고파.

박덕은 作 [신발의 반란](파스텔화, 2012.11)

장흥 바닷가에서

천관산 정기 이은
그늘조차 푸른 산맥
삼비산 앞자락에
우뚝 자리한 옥섬 파크
득량만을 바라보니
막힌 가슴 절로 트이네

정남진 해돋이가
문인들을 낳는 걸까
포르스름한 옥빛 바닷가
문학 산책로에
비릿한 솔바람 섞여
시비들이 정겨웁네

가슴 파도로도
외로움 견딜 수 없어
옷자락에 묻은 슬픔
바닷속에 내던지고
시인의 고운 향으로
세상 시름 날려 보네.

박덕은 作 [호수의 연주](파스텔화, 2013.4)

침묵

강물이 너무 깊어
도무지 들리지 않아요
저 심연의 이야기들이
아직도 오순도순 보듬고
재잘거리며 흐르는데

사랑이 지독히 아파서
한마디도 말할 수 없어요
보고픔이 영글어
가슴 뛰며 저리 속삭이는데

행복이 넘실넘실 넘쳐
목까지 차올라 숨쉴 수 없어요
바보처럼 눈물 나와
눈은 먼 곳 하늘 바라보고 있는데.

박덕은 作 [백두산 천지](파스텔화, 2013.3)

늦가을엔

오래오래 비워 둔 가슴이
스멀스멀 잠에서 깨어납니다

추억이 꽃으로 피어나
풀풀 기억의 파편들을 날립니다

밤새도록 그리움이 앓다가
풀벌레 울음소리를 냅니다

둥둥둥 북소리 따라서
보고픔이 뿌옇게 휘몰려 갑니다.

박덕은 作 [늦가을](파스텔화, 2013.4)

겨울 바닷가에서

쏴한 바람 등에 업고
낭만 찾은 여수 미항

은빛 비늘눈
끔벅이며 반기네

불덩이 열정은
수심 속에 가라앉고

들숨 날숨
홀로 가는 되새김질

억겁의 파도 소리에
그리움만 쌓여 가네.

박덕은 作 [겨울 바닷가에서](파스텔화, 2013.4)

빈 항아리 속

비어 있어서 너른 품
하늘 닮은 보고픔이
하늘 하늘
나비떼로 날아드는

비어 있어서 맑은 혼
비밀스런 그리움이
아슴아슴
꽃잎 되어 안겨 오는

비어 있어서 깊은 속
눈물도 슬픔도 아리게
링링거리며
맑은 소리 되어 흐르는

비어 있어서 자유로워
비를 담으면 옹달샘으로
눈꽃 담으면 새하얀 꽃밭으로
언제라도 무엇이라도 다 품는.

박덕은 作 [항아리](파스텔화, 2013.4)

가을을 바라보며

쓸쓸한 가슴에 떨림으로 내리는
사랑의 속삭임
어찌할 거나 어찌할 거나

헛헛한 외로움 어루만지며
높푸른 호수에 빠지고 싶어
어찌할 거나 어찌할 거나

저마다 토해내는 처연한 숨결 사이로
고개 떨군 아픔의 빈자리
어찌할 거나 어찌할 거나

단풍으로 물드는 시간 뒤에 머문
애달픈 그리움
어찌할 거나 어찌할 거나

추억만 앙상히 남을 여생일지라도
기꺼이 전부를 바치고 싶은 마음
어찌할 거나 어찌할 거나.

박덕은 作 [가을을 바라보며](파스텔화, 2013.4)

햇무리

두 줄기 눈물로
촉촉이 젖은 날

동그랗게
번져 가는 그리움

눈부시도록
그렇게

장엄한
하늘 무지개처럼
그렇게

빛을 머금은
당신의 미소처럼
그렇게.

박덕은 作 [햇무리](파스텔화, 2013.4)

연리지

가슴 뚫고
서두르며 달려온
쓸쓸한 고독처럼

부르터
서로 맞닿으며
설렘이 교차된

단 하나뿐인
그리움이고저
생살 찢겨 이룬

아픈 기억
해맑게 갈무리하여
평생 머무르는

마침내
하나로 완성된
사랑이여.

박덕은 作 [연리지](파스텔화, 2013.4)

한실 문예창작 문우들의 작품집

오늘의 詩選集 Series

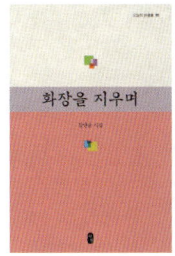

오늘의 詩選集 제1권

화장을 지우며
강만순 지음 / 144면

오늘의 詩選集 제2권

또 한 번 스무 살이 되고 싶은 밤
김숙희 지음 / 160면

오늘의 詩選集 제3권

사랑의 빈자리 될까 봐
박완규 지음 / 144면

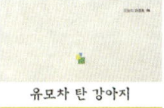

오늘의 詩選集 제4권

유모차 탄 강아지
김미경 지음 / 112면

오늘의 詩選集 제5권

이 환장할 봄날에
신점식 지음 / 176면

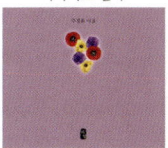

오늘의 詩選集 제6권

작아지고 싶다
주경희 지음 / 176면

오늘의 詩選集 제7권

가을은 어디나 빈자리가 없다
전금희 지음 / 176면

오늘의 詩選集 제8권

쓸쓸함에 대하여
이후남 지음 / 176면

오늘의 詩選集 제9권

바람이 열어 놓은 꽃잎
문재규 지음 / 220면

오늘의 詩選集 제10권

단 한 번 사랑으로도
이호근 지음 / 176면

오늘의 詩選集 제11권

할 말은 가득해도
최승벽 지음 / 176면

오늘의 詩選集 제12권

비밀 일기
박봉은 지음 / 176면

오늘의 詩選集 제13권

꽃만 봐도 서러운 그날
한실 문예창작 동인지 제8집

오늘의 詩選集 제14권

마냥 좋기만 한 그대
최기숙 지음 / 176면

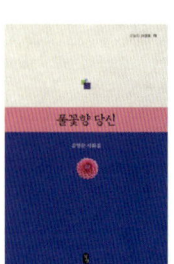

오늘의 詩選集 제15권

풀꽃향 당신
김영순 지음 / 176면

개별 작품집

고목나무에 꽃이 핀 사연
김영순 시집

당신만 행복하다면
박봉은 제1시집

시가 영화를 만나다
장현권 시집

아시나요
박봉은 제2시집

하얀 속울음까지 들켜 버렸잖아
김성순 시집

당신에게.하나
박봉은 제3시집

세월이 품은 그리움
김순정 시집

사색은 강물 따라
권자현 시집

입술이 탄다
형광석 시집

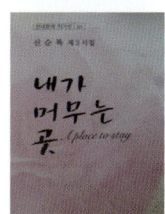
내가 머무는 곳
신순복 시집

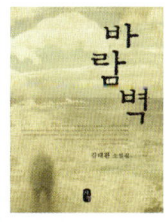
바람벽
김태환 소설

당신
박덕은 시집

한실 문예창작 동인지

한실 문예창작 동인지 제1집
『한꿈』

한실 문예창작 동인지 제2집
『한꿈』

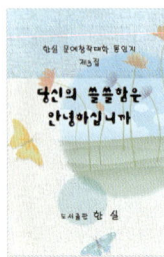

한실 문예창작 동인지 제3집
『당신의 쓸쓸함은 안녕하십니까』

한실 문예창작 동인지 제4집
『목련은 흔들리고 있다』

한실 문예창작 동인지 제5집
『그래도 한쪽 가슴은 행복합니다』

한실 문예창작 동인지 제6집
『좋은 걸 어떡해』

한실 문예창작 동인지 제7집
『아직도 사랑인가 봐』

한실 문예창작 동인지 제8집
『꽃만 봐도 서러운 그날』